힐링잠언시

석연경 시인의 숲길

힐링잠언시

석연경 시인의 숲길

초판인쇄 2023년 12월 1일
초판발행 2023년 12월 2일

지은이   석연경
펴낸이   석연경
펴낸곳   연경출판사
편집디자인 김의길 김경식

주소   주소 전남 순천시 중앙2길 11-19
이메일   wuju0219@naver.com

 ISBN 979-11-977661-2-1
정가 15,000원

힐링잠언시

석연경
시인의 **숲길**

석 연 경 시 사진

향기로운 평화와 감미로운 세계로의 초대

석연경 시인의 잠언시와 명상 사진으로 힐링하기

들어가는 말

힐링잠언시 〈석연경 시인의 숲길〉은 마음을 편안하게 하는 짧은 말을 묶은 것이다. 필자가 연경인문문화예술연구소를 십 년 넘게 하면서 만났던 사람에게 했던 말이기도 하다.

그동안 연구소를 하면서 다양한 사람을 만났다. 직업을 구하지 못하여 분노를 느끼다가 마음의 병에 걸린 사람, 실직을 당하여 우는 사람, 실연을 당하여 고통과 우울증에 빠진 사람 등을 보았다. 하는 일마다 실패하여 자존감이 바닥 상태여서 움츠린 채 사는 사람을 보았다. 가족과 갈등을 겪고 있어 일상을 지옥으로 생각하는 사람을 보았다. 사회에서 만나는 사람들과 갈등을 겪으면서 우울감·괴로움·불안감 등을 느끼고 있는 사람도 있었다. 사람을 미워하고 시기하고 괴로워하는 사람을 보았다. 채워지지 않는 욕망으로 힘들어하고 있었다. 너무 많은 사람이 마음에 고통을 겪고 있었다.

필자는 마음이 아픈 사람들에게 위로를 주고 싶은 마음이 간절했다. 현대 사회는 시와 인문학이 더욱 필요한 사회이다. 연구소에서는 그동안 품격 높은 인문학 강연과 문학 강연을 지속해 왔다. 소박하나마 연구소는 인문 문화 운동을 하는 곳으로 많은 사람이 와서 마음을 쉬었다.

인문학 강의에 덧붙여 한명 한명과 간단한 글로 대화를 나누고 싶었다. 긴 말이 아니어도 손을 잡아주는 정도, 어깨에 손을 얹어 주는 정도, 안아주는 정도 등 위로받는 사람이 부담을 느끼지 않을 정도로 온기를 전하고 싶었다. 마음이 아픈 사람의 사연에 공감하며 사랑을 전하고 싶었다. 그래서 문학에 집

중하기보다는 정말 수더분한 시적인 말로 진심을 전하고자 했다.

글을 읽는 사람이 마음 치유를 했으면 하는 의미에서 '힐링'이라는 말을 붙였고, 조금이나마 삶에 도움이 되었으면 싶어서 '잠언'이라는 말을 수줍게도 감히 붙였다. 시적 형식을 빌렸기에 '시'라는 말도 붙였다. 그래서 '힐링잠언시 〈석연경 시인의 숲길〉'이 되었다.

〈석연경 시인의 숲길〉은 정말 소박하다. 어떤 측면에서 당연한 이야기이기도 하다. 현실에서 어려움을 겪는 당사자는 처한 상황이 힘들어서 알고 있는 것도 잊고 삶을 버거워한다. 필자는 이야기를 건네는 방식으로 숲길을 열었다. 천천히 함께 숲을 산책하며 마음 치유를 했으면 한다.

오직 사람을 사랑하는 마음으로 글과 사진을 묶는다. 책에 실린 명상 사진은 필자가 한국과 프랑스 등에서 직접 찍은 것이다. 이 책을 읽는 사람이 단 한 구절에서라도 힘을 얻었으면 한다.

힐링잠언시는 쉽고 간결하다. 사랑하는 사람이 들려주는 몇 마디 위로의 시詩다. 마음을 평화롭게 해주는 기도의 시詩다. 세상을 맑게 해주는 환희의 시詩다. 모든 것은 마음에서 시작된다. 이 책을 읽고 미소 짓는 마음으로 함께 환하고 아름다운 세상을 만들기를 바란다.

2023년 10월 22일 연경인문문화예술연구소에서
석연경

차례

제2부 여름

제3부 가을

제4부　겨울

제1부 봄

자연스러운 일

살다 보면
일이 뜻대로 안 되거나
타인이 내 맘 같지 않다고 여겨질 때가 있지요
그렇다고 너무 힘들어하지 마세요
다른 사람을 비난하지도 마세요
당연한 거예요
일이 잘될 때도 있고
못 될 때도 있고
내 뜻대로 될 때도 있고
아무리 애를 써도 뜻대로 안 될 때도 있어요
이건 그냥 자연스러운 거예요
그러려니 하세요

봄꽃

당당하십시오
마른풀 밀고 올라온 크로커스처럼
낮게 피어 있어도
지금 그대로 아름답습니다
당신은 환한 봄꽃입니다

전화

보이나요?
타오르는 붉은 마음
들리나요?
떨리는 목소리
느껴지나요?
두근거리는 심장
뜨거운 눈물
간절한 내 마음
당신께 드립니다
당신이 원하신다면

사랑법

누군가를 사랑하나요?
사랑하는 방법이 중요합니다
햇빛이 필요할 때는 햇빛을
그늘이 필요할 때는 그늘을
사랑하는 사람 마음을 이해하고
필요한 것을 채워주는
사랑을 하십시오
더불어 성장하는 사랑법입니다

봄길

다른 사람이 어떻게 생각할까 조심하여

움츠리고 있나요?

보통 사람은 관심보다는 순간적 호기심

조언보다는 즉흥적 비판을 하고

또 금방 잊어요

다른 사람 말을 들어는 보되 휩쓸리지 마세요

날개를 펴고 자신의 봄길을 여십시오

봄꽃은 자신을 사랑하는 사람에게 먼저 옵니다

선택

목마르면 물을 마시듯

자전거를 타고 싶으면 타세요

악기를 배우고 싶으면 배우세요

여행을 가고 싶으면 가십시오

어디서 무엇을 하든 당신 선택입니다

당신이 가고 싶은 곳에는

당신을 기다리는 무엇인가 있습니다

꽤

당신은 꽤 괜찮은 사람입니다
밤하늘 별이 존재 자체로
맑게 반짝이듯
기울어진 작은 나무가
특별한 풍경을 선물하듯
모든 존재는
아름다운 빛을 발합니다

민들레

괜찮아요
넘어지면 일어나요
비바람이 자갈밭에
홀씨를 떨어뜨려도
민들레는 오히려
자갈밭을 환히 밝힙니다

괜찮아요
민들레 홀씨가
어디론가 또 날아갑니다

선물

선물을 받고 싶으신가요?
햇살 바람 강물 나무 풀꽃
나비 고양이
만나는 사람
모두 선물입니다
당신은 가장 큰 선물입니다

곁

향기로운 꽃이 사라지듯
오늘 곁에 있는 사람을
내일은 못 볼 수도 있어요
곁에 있는 사람에게
후회 없도록 하십시오
아름답다 말하고
사랑한다 말하세요

순간

밤이 되면 어둠에 젖고
비가 오면 비에 젖어요
다가오는 것을
맑은 눈으로 바라보며
몸으로 느끼고
매 순간 즐기세요

관심

내 마음을 보살피세요

다른 사람 마음을 살피세요

아픈지 슬픈지 우울한지

기쁜지 즐거운지

진실을 알아야 진정한 사랑을 줍니다

손 내밀고 보살피세요

더불어 사는 게 삶입니다

꿈

사랑은 꿈결 속 꿈 같은 거예요
아파하거나 힘들어 마세요
오직 아름답게 사랑하세요
꿈에서 깨어나는 순간에도
아름다운 사랑만 하면
후회가 없습니다

수선화

봄이 되면 수선화가 피듯
당신도 때가 되면 꽃으로 피어나요
봄꿈을 꾸세요
환하게 피어날 준비를 하세요

문

당신을 위해 문을 열어둡니다
번뇌하는 당신을 사랑합니다
언제든 오십시오
당신을 기다립니다

바른길

하는 일마다 방해를 받는다고요?
안 좋게 소문내고
질투하는 사람 때문에 힘들다구요?
방해자는 그냥 두시고
묵묵히 갈 길을 가세요
자신이 가는 바른길이
진실을 보여주니까요

귀한 존재

사랑하세요

봄날 여린 새순 처럼

모두 가엾고

귀한 존재입니다

사랑받기

홍매화가 각황전으로 손을 뻗듯
각황전이 홍매화를 껴안듯
사랑받고 싶으면
사랑을 주십시오

태도

언젠가 모두 죽어요
영원한 것은 없습니다
당신이 누구인지
누구와 더불어
무엇을 하고 있는지
항상 잘 살피십시오

스밈

알게 모르게

서로 스며요

안개에 스미고

비에 스미고

바람에 스미고

겹황매화에도 스며요

나는 당신에게

당신은 나에게

우리는 스밈니다

당신

당신 아닌 것들이 모여

당신으로 있어요

세상은 당신 아닌 것이 없어요

어둠이 빛이고

빛이 어둠이듯이

여린 새

마음이 하는 소리를
외면하지 말고
귀를 기울이세요
마음 안에 있는
하늘의 소리를 들으세요
둥지 잃은
작고 여린 새가 있으면
꼭 껴안아 주세요

길

길이 아니다 싶으면
돌아서십시오
새 길을 만드세요

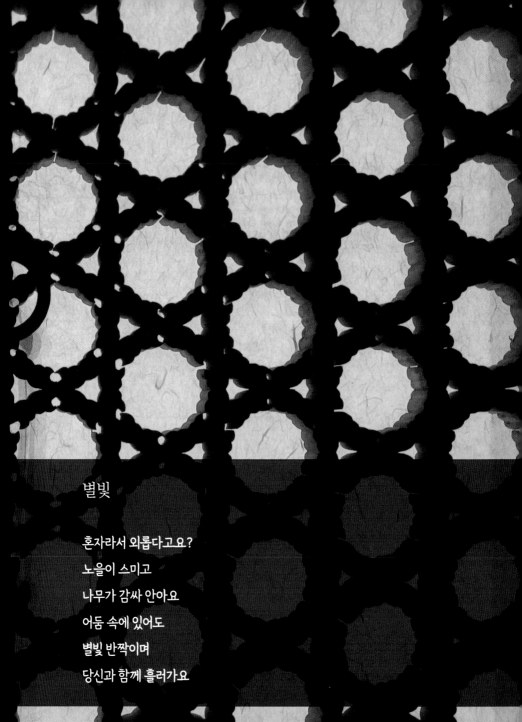

별빛

혼자라서 외롭다고요?
노을이 스미고
나무가 감싸 안아요
어둠 속에 있어도
별빛 반짝이며
당신과 함께 흘러가요

꽃길

당신을 위한
꽃길입니다
언제든 마음을 열고
미소로 걸으세요.

손

내 손을 잡아요
당신을 꽃 피워줄게요

할 수 있는 것

꿈이 뭔지 모르는 자신이
실망스럽다고요?
꿈이 없어도 괜찮아요
지금 할 수 있는 것
좋아하는 것을 하다 보면
꿈이 생기고
꿈이 이루어집니다

제2부 여름

먼지

당신이 먼지라고요?
하늘을 보면 하늘
바다를 보면 바다
벌판을 보면 벌판이 되지요
보이는 것과
보이지 않는 것
모두 당신입니다
당신은 우주입니다

실수

실수해서

몹시 부끄럽고 괴로운가요

실수를 상쇄하고도 남을

선행을 베푸십시오

마음이 한결 가벼워집니다

오늘

오늘 하루는 온전히 당신 것
꽃봉오리를 맺고
꽃봉오리를 피우고
행복은 스스로 만들어
꽃을 나누어 주는 것

좋은 것

그들이 무엇을 좋아하든
당신이 좋아하는 것을 하십시오

몰입

잘하려고 너무 애쓰지 마세요
잘하려는 마음을 내려놓고
즐기며 몰입하십시오
어느 순간 잘 되어 있을 거예요

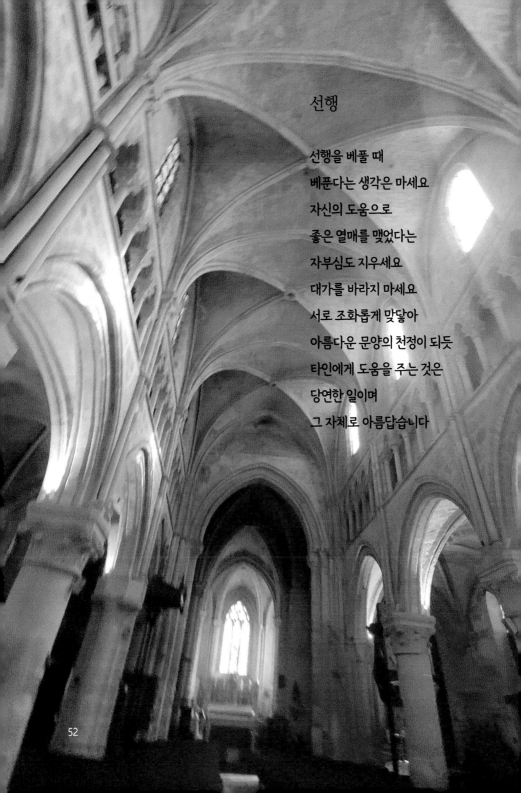

선행

선행을 베풀 때
베푼다는 생각은 마세요
자신의 도움으로
좋은 열매를 맺었다는
자부심도 지우세요
대가를 바라지 마세요
서로 조화롭게 맞닿아
아름다운 문양의 천정이 되듯
타인에게 도움을 주는 것은
당연한 일이며
그 자체로 아름답습니다

물

물은 자신의 색을 가지지 않아서
하늘도 구름도 바람도
온전히 담을 수 있습니다
물이 내어준 몸과 마음에서
물고기도 산호도 노래합니다
비어 있으므로 채워지지만
아무것도 가지지 않고
흘려보내기에
물은 늘 넉넉합니다

파도

파도가 치면
파도의 마음을 읽으십시오
영원한 파도는 없습니다
고요한 바다의 마음으로
파도를 위로하고 격려하며
가라앉기를 기다리십시오
바다가 파도이고
파도가 바다입니다
당신은 고요한 파도임을 아십시오

원하는 것

원하는 것을 안 해줘서 서운한가요?
당신이 원하는 것과
상대방이 원하는 것은 다를 수 있어요
선택은 그 사람 자유입니다
편안한 마음으로
상대방 의견을 존중하고
다른 방법을 찾으십시오

나쁨

다른 사람이 나쁘게 보이나요?
단지 당신 마음이
나쁘다고 판단하는 것은 아닌지
자신 마음을 잘 살펴보십시오

악몽

악몽을 꾸는 듯한가요?
꿈이 맞습니다
꿈일 뿐이니
너무 힘들어하지 마세요
좋은 꿈이 되도록
긍정적으로 추스르세요
때가 되면
꿈에서 깨어납니다

고통

타인의 고통을
외면하지 마세요
두 손을 꼭 잡으세요
고통에 공감하며
마음을 쓰다듬으세요
고통에서 나올 수 있도록
끝까지 도와주세요
눈물을 멈추고
미소 지을 때까지

불행

불행하다고요?　　　　　　감사 기도를 올리십시오
당신은 행복한 사람입니다　　매 순간 감사하십시오
살아있으니까요　　　　　　저절로 행복해집니다

배신

배신을 당해서

마음이 아프다고요?

당신이 바라는 게 있었을 뿐입니다

사람에게 기대하지 마세요

마음을 비운 채

다만 베풀며 흘러가고

보낼 것은 미련 없이 보내십시오

실직

실직을 당해서 눈물이 난다고요?
길은 많습니다
그 길을 못 가면
다른 길을 선택할 수 있어요
지혜로운 당신
눈물을 거두세요
더욱 아름다운 새길이 열릴 거예요

인연

인연의 끈은 생각보다 길지 않아요

생각보다 질기지도 않아요

그러니 집착하지 않고

부드러운 미소로 사랑하세요

용기

아직도 사랑한다면
더 늦기 전에
용기 내어 다가가 보세요

만남

인연인 사람은
다시 만나게 됩니다
그냥 흘러가십시오

흐름

모든 것은 변합니다
흘러가고 지나갑니다
당신 또한 흘러갑니다

폭력

폭력은 깃털로도 해선 안 됩니다
상처는 주지 마세요
자신과 타인을
언제나 사랑으로 어루만져요

방황

방황 중이라고요?
자존감이 거의 없다고요?
괜찮아요
살아있다는 증거예요
너무 멀리 가진 말아요
이제 방황을 그치고
자신에게 돌아오면 됩니다

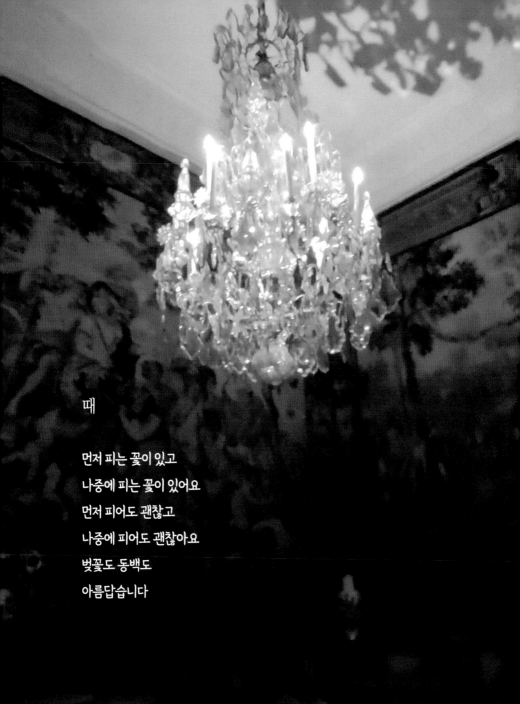

때

먼저 피는 꽃이 있고
나중에 피는 꽃이 있어요
먼저 피어도 괜찮고
나중에 피어도 괜찮아요
벚꽃도 동백도
아름답습니다

삶

죽지 못해 산다고요?　　　살면 살아집니다

존재 이유가 있으니　　　그냥 미소 짓고 있으면

그나마 다행입니다　　　미소가 삶이 됩니다

성장

자신이 쓸모없게 느껴진다고요?
당신이 성장하는
귀한 시간입니다
가치 있다고 생각되는
아주 작은 일부터 시작하세요
어느 순간 보람으로 점프해 있을 거예요

달리기

주위를 둘러보지 않고
전속력으로 달리는 길 끝에
허무가 기다리고 있을 수도 있어요
더 가치 있는 것을 놓쳤을 수 있고
소중한 사람이 떠날 수도 있어요
그래도 앞만 보고 달리시겠어요?
가끔 나무 그늘에서 쉬면서
사랑을 나누어요
그래도 늦지 않아요

풍경

내편 네편 가려서
내편만 좋아하나요
나무가 홀로 있는 것 같지만
모두 지구에 뿌리내리고
숲으로 어우러져
조화로운 풍경을 연주하듯
우리는 하나이면서
모두 한 몸입니다
진실하게 어우러지면
상처 없는 풍경이 됩니다

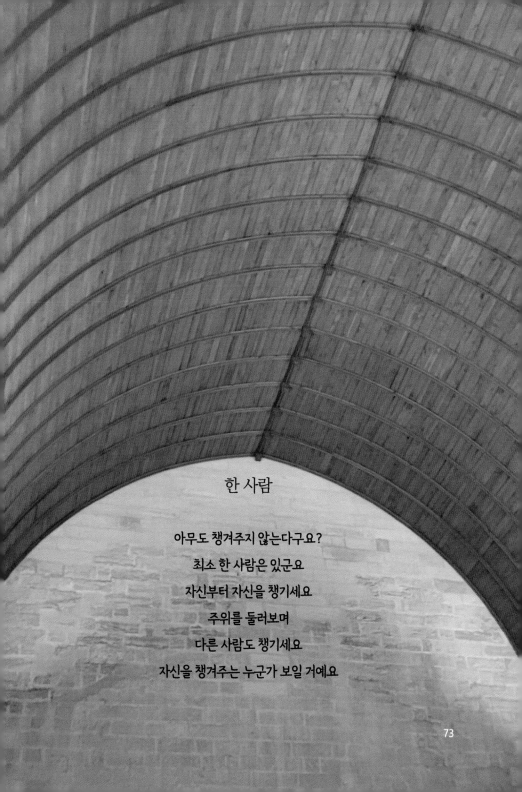

한 사람

아무도 챙겨주지 않는다구요?
최소 한 사람은 있군요
자신부터 자신을 챙기세요
주위를 둘러보며
다른 사람도 챙기세요
자신을 챙겨주는 누군가 보일 거예요

제3부 가을

타박타박

돌멩이가 바위가 되듯
언 땅이 녹고 싹을 틔우듯
빈 가지에 꽃이 피듯
원하는 모습을 꿈꾸며
타박타박 나아가십시오
자연스럽게 흘러가다 보면
원하는 모습이 되어 있을 거예요

고민

당신이 지금 고민하는 그것
정말 아무것도 아닐지도 몰라요
당신이 아무것도 아니라고 하는 순간
아무것도 아닌 것이 되니까요
오로지 당신은
아름답고 붉은 꽃입니다

사과

미안한 마음인가요
용기 내어
사과하세요
진실은 대숲처럼
곧고 푸릅니다
마음 열고 함께 걷는 길
걸음마다 새순이 돋아요

자유

노래하고 싶으면
노래를 부르고
춤추고 싶으면
춤을 추세요
당신은 자유인입니다

겸손

당신이 생각하는 당신은

당신이 아닐지도 모릅니다

당신이 생각하는 타인도

당신이 생각하는 사람과

전혀 다른 사람일지도 모릅니다

그러니 늘 겸손하십시오

81

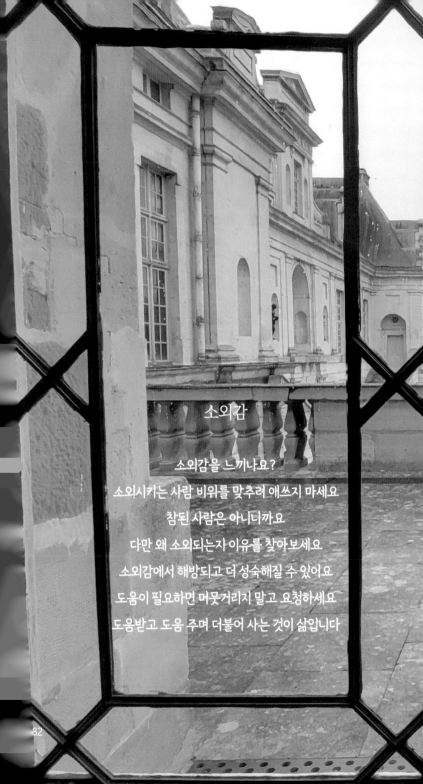

소외감

소외감을 느끼나요?
소외시키는 사람 비위를 맞추려 애쓰지 마세요
참된 사람은 아니니까요
다만 왜 소외되는지 이유를 찾아보세요
소외감에서 해방되고 더 성숙해질 수 있어요
도움이 필요하면 머뭇거리지 말고 요청하세요
도움받고 도움 주며 더불어 사는 것이 삶입니다

뿌리

어두운 땅속
뿌리가 있어
향기롭고 환한 꽃이
우주를 밝힙니다

83

부모

부모님께 다정하십시오
낳아주고 길러준
희생의 시간을
경외하고 찬탄하십시오

주기

태양이 빛을 주고
구름이 비를 주듯
꽃이 미소를 주고
나무가 열매를 주듯
당신도 주십시오
주면 기쁨이 차올라요
주는 것이 받는 것입니다
주고받는 것이 삶입니다

판단

한 사람 말만 듣고
판단하지 마세요
오해할 수 있어요
상황 이면의
여러 요소를 살피고
이해와 연민을 바탕으로
바라보십시오

그림자

꽃도 그림자가 있고
산도 그림자가 있어요
모든 존재는 빛과 어둠이 있어요
그림자가 빛이고
빛이 그림자입니다
빛 속의 그림자
그림자 속의 빛을 보세요

포옹

때로는 고양이가 부럽다고요?
따뜻한 품에 안겨
쓰다듬어주는 손길이 그립다고요?
먼저 안아주고 쓰다듬으세요
홍매든 인형이든 사랑을 베풀면
마음이 따뜻해집니다

공감

겪지 않았다고 모르진 않아요
타인의 슬픔을
가볍게 말하지 마세요
시린 볼에 뜨거운 눈물
절벽에서 울어보지 않고
그 고통을 다 알 수 없어요

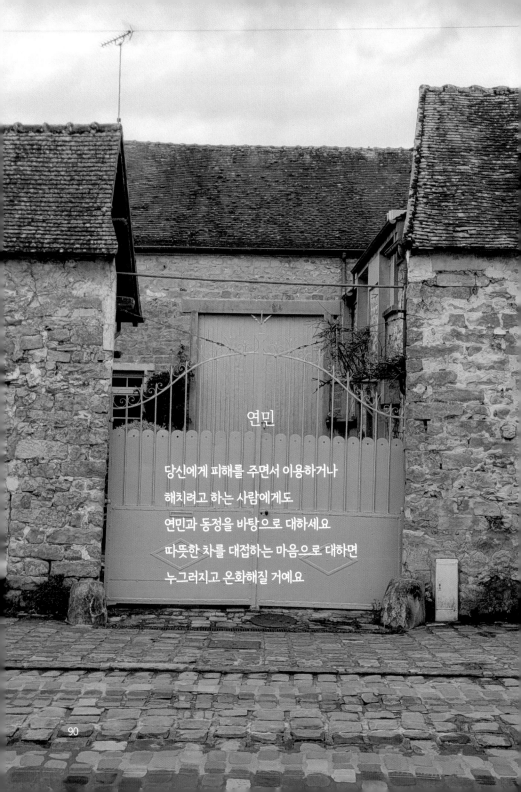

연민

당신에게 피해를 주면서 이용하거나

해치려고 하는 사람에게도

연민과 동정을 바탕으로 대하세요

따뜻한 차를 대접하는 마음으로 대하면

누그러지고 온화해질 거예요

연리지

너무 가까이 있는 나무는

서로 성장하기 어렵지만

자신의 한쪽을 양보하고

연리지가 되면

함께 더 큰 나무가 될 수 있어요

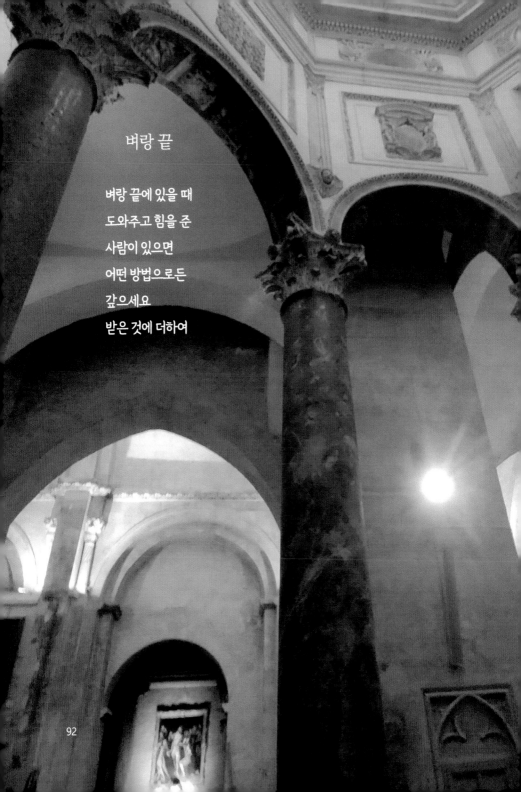

벼랑 끝

벼랑 끝에 있을 때
도와주고 힘을 준
사람이 있으면
어떤 방법으로든
갚으세요
받은 것에 더하여

가치

당신 가치를 못 알아봐서
서운하다고요?
자신이 스스로 인정하는 순간
저절로 날아오릅니다

우리

걱정하지 말아요
내가 있잖아요
두려워 마세요
우리가 있잖아요

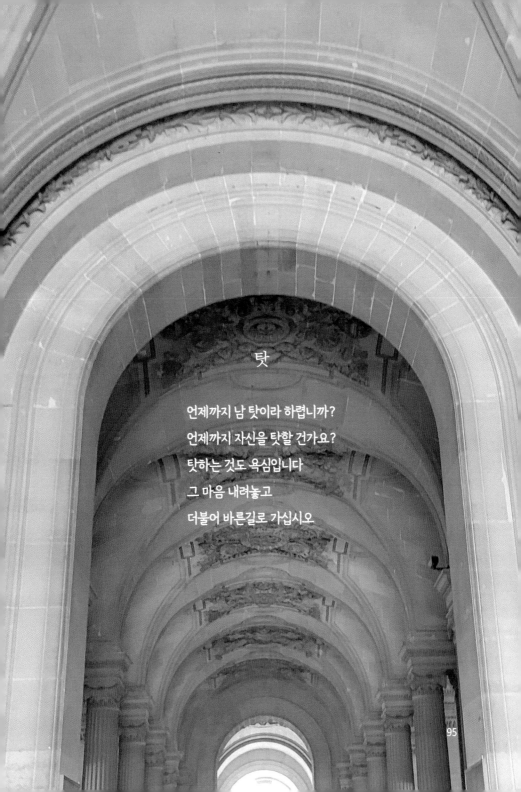

탓

언제까지 남 탓이라 하렵니까?

언제까지 자신을 탓할 건가요?

탓하는 것도 욕심입니다

그 마음 내려놓고

더불어 바른길로 가십시오

칠면초

지금 있는 곳이 하필 펄인가요?
하필 소금밭인가요?
그럴수록 자신은 더욱 사랑하며
불타오르세요
붉게 익은 마음이
펄을 가득 메울 거예요

흔들림

가을바람에
여린 줄기와 꽃잎이
흔들리나요?
흔들림도 아름다워요
그 흔들림으로
뿌리는 더 깊이 내립니다
더 많은 꽃이 필 겁니다

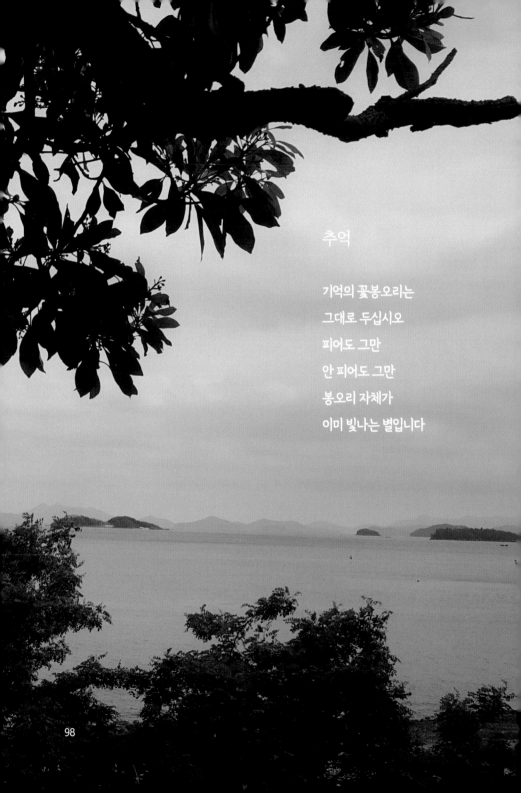

추억

기억의 꽃봉오리는
그대로 두십시오
피어도 그만
안 피어도 그만
봉오리 자체가
이미 빛나는 별입니다

무심

허름한 겉모습을 보고
가진 것 없다며
무시하는 사람에게는
무심하게 대하세요
누가 뭐래도 당신은
이 세상에 단 한 송이뿐인
아름다운 꽃입니다

낙담

일이 잘 안되었다고

낙담하지 마세요

꽃이 너무 많으면

커다랗고 달콤한 봉숭아를

얻을 수 없어요

비울 꽃은 따서

길 위에 뿌리세요

꽃길 걸으며

향긋한 열매를 꿈꾸어요

상처

당신은 귀한 존재
어떠한 경우라도
상처받지 마세요
고귀한 당신
아무도 해칠 수 없어요

성찰

다른 사람 조언에
귀를 기울이세요
깊이 있게 성찰하고
더 나은 방향을 모색하세요
선택과 책임은 자신 몫이니
결론은 당신 마음을 따라가십시오

열매

수확하고 싶으면 씨앗을 뿌리세요
씨앗을 뿌렸는데 수확 못 했다면
마음을 비우고 다시 씨앗을 뿌리세요
정성껏 가꾸면 어느 순간
열매를 한가득 품에 안고 있을 거예요

제4부 겨울

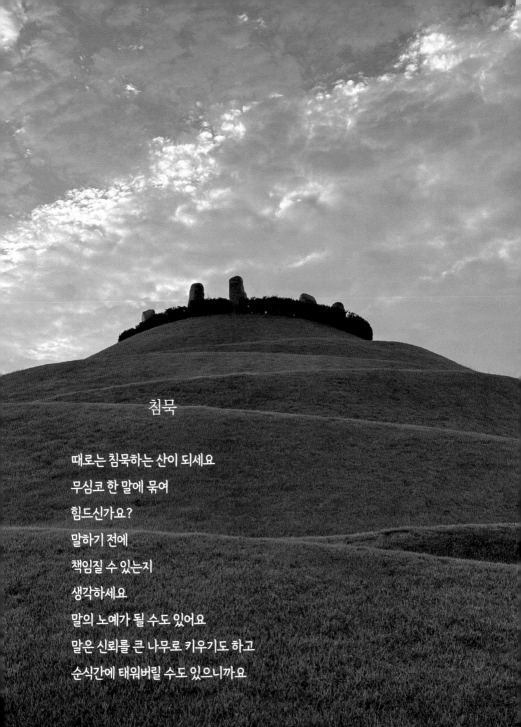

침묵

때로는 침묵하는 산이 되세요

무심코 한 말에 묶여

힘드신가요?

말하기 전에

책임질 수 있는지

생각하세요

말의 노예가 될 수도 있어요

말은 신뢰를 큰 나무로 키우기도 하고

순식간에 태워버릴 수도 있으니까요

놓기

이것을 가졌는데
저것도 가지고 싶은가요?
모든 것을 가질 수는 없어요
지금 들고 있는 것을 놓으세요
비우면 다른 것이 채워집니다

그리움

잊히지 않는 사람 때문에
마음이 아픈가요?
그리워서 견디기 힘든가요?
그 감정을 그대로 보면서
잘 지나가도록 토닥거려주세요
그리움을 느낀다는 것은
소중하고 귀한 것입니다

축복

아침에 눈을 뜨셨나요?
어떤 환경이든
어떤 모습이든
당신은 축복받은 사람
자신을 딛고
환경을 딛고
기쁨으로 하루를 여세요
당신이 꿈꾸며
발을 딛는 것은 축복
당신 자체가 축복입니다

의미

세상 모든 것은
존재 의미가 있어요
당신 모습 그대로
아름답고 특별합니다

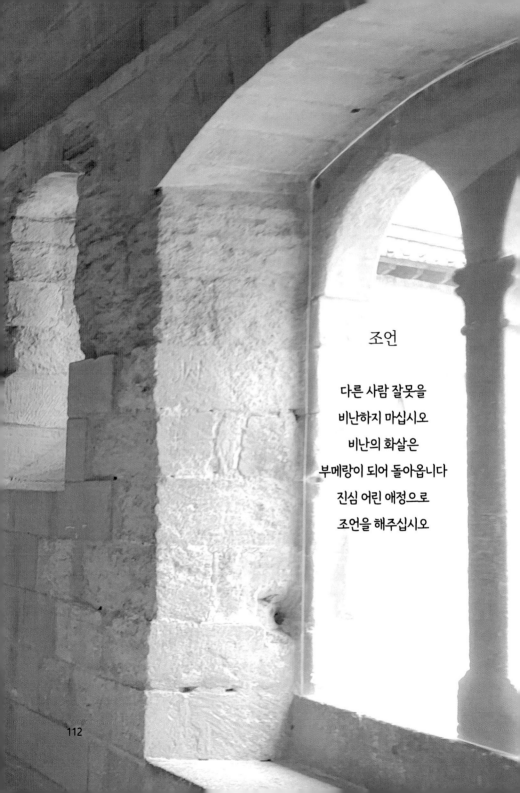

조언

다른 사람 잘못을
비난하지 마십시오
비난의 화살은
부메랑이 되어 돌아옵니다
진심 어린 애정으로
조언을 해주십시오

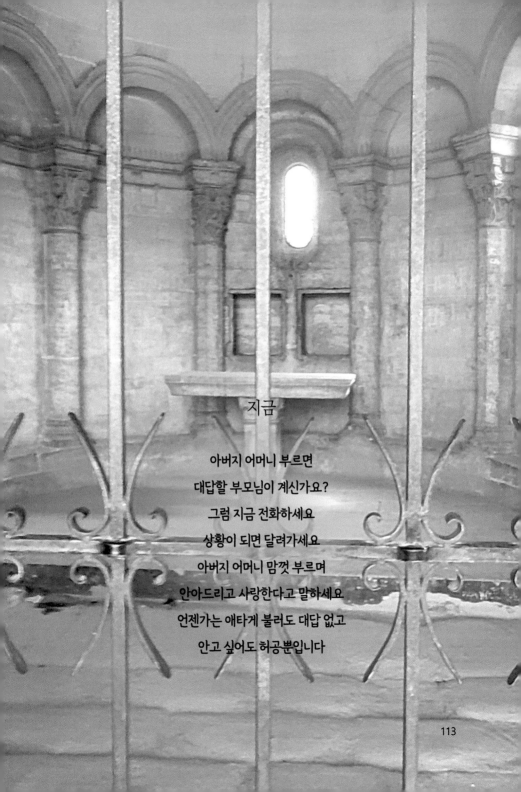

지금

아버지 어머니 부르면
대답할 부모님이 계신가요?
그럼 지금 전화하세요
상황이 되면 달려가세요
아버지 어머니 맘껏 부르며
안아드리고 사랑한다고 말하세요
언젠가는 애타게 불러도 대답 없고
안고 싶어도 허공뿐입니다

문밖

문밖에는 문밖의 세계가 있어요

문을 열고 나가보세요

또 다른 당신을 만날 거예요

보이는 것

보이는 것을 보이는 그대로 보세요　　당신이 보는 것은 당신입니다
보이지 않는 것은　　　　　　　　　보이는 모든 것을
마음을 모아　　　　　　　　　　　연민으로 사랑하십시오
온몸으로 보세요

변화

한결같으면서도
한결같지 않아요
계절 따라 변하는 나무처럼
당신도 달라질 수 있습니다
맘껏 꽃을 피우는 중에도
겸손하면 더욱 빛납니다

실연

사랑하는 사람에게
실연을 당해서 고통스러운가요
당신은 행복한 사람입니다
평생토록 사랑 한번
못 나눈 사람도 있으니까요
이별의 아픔보다
사랑했던 순간을
고귀하게 간직하세요
그리고 고요해지면
비로소 진정한 이별을
혼자 하십시오

용서

용서되지 않는다고요?
마음에 평화를 원하나요?
그럼 용서하세요
자비와 사랑이
평화의 조건입니다

위로

위로하며 손잡을까

머뭇거리다 스쳐 지나온 후

바위 같은 마음인가요?

늦지 않았어요

뱃길 흔적 사라지기 전

손 내밀어

같은 배를 타세요

어루만지고 쓰다듬어주면

순풍 항해에 풍어 만선입니다

고독

홀로 안개 속에 있는 듯
고독한가요?
고독하면 고독한 대로
당신은 귀하고 아름답습니다
다만 안개 속 타인을 잊지 마세요

역사

역사에 관심을 가지세요
역사가 곧 당신이며
우리입니다
역사의 수레바퀴가 바르게 굴러야
민중이 행복합니다

쓸쓸함

이미

지나간 일에
마음을 두지 마세요
이미 흘러간 물입니다
지금 꽃 피고
새가 노래하는
창밖을 보세요

기도

사랑의 이름으로 강요 마세요

온도를 조절하며

격려와 배려를 하세요

걱정하면 마음만 힘들어요

기도하면 이루어집니다

덕분

언젠가 모두 죽어요
영원한 것은 없습니다
당신이 누구인지
누구와 더불어
무엇을 하고 있는지
항상 잘 살피십시오

후회

후회하고 있나요?
후회는 진중하되 짧게 하고
새 길로 들어서십시오
후회가 희망으로 바뀝니다

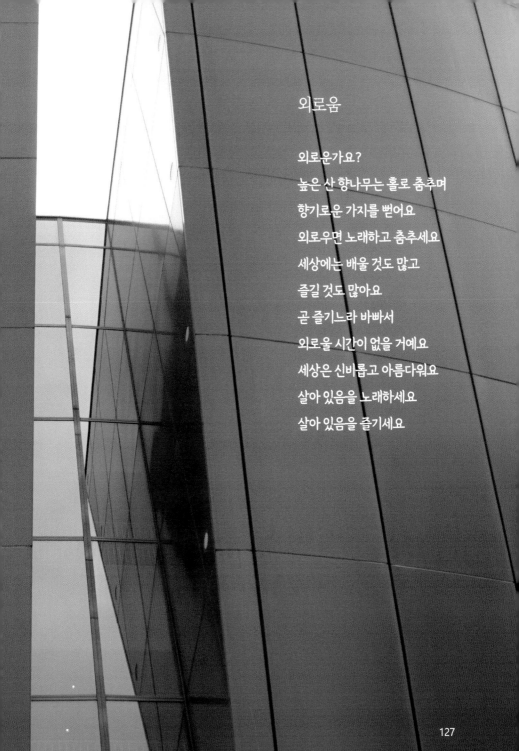

외로움

외로운가요?
높은 산 향나무는 홀로 춤추며
향기로운 가지를 뻗어요
외로우면 노래하고 춤추세요
세상에는 배울 것도 많고
즐길 것도 많아요
곧 즐기느라 바빠서
외로울 시간이 없을 거예요
세상은 신비롭고 아름다워요
살아 있음을 노래하세요
살아 있음을 즐기세요

어루만짐

그립다고요?
그리워하세요
가고 싶다고요?
가세요
다만 이유를 잘 살펴보고
마음을 어루만지는 정도로 하세요
자신과 타인에게 상처가 없도록

마지막 날

오늘 만나는 사람에게
마지막 만나는 마음으로 대하세요
귀하게 여기고
너그러우며
베풀게 될 거예요
나날이 새롭고
마음이 따뜻하고 풍성해질 거예요

믿음

믿음이 깨져서 슬픈가요

꽃 피우고 싶으면

진심으로 물 주며

꽃이 피는 꿈 꾸세요

꼭 필 거라 믿지는 마세요

안 믿지도 마세요

피어나면 고맙고

피지 않으면

꽃봉오리 애틋함

바람처럼 잊으세요

행복

행복을 원하면
사랑하세요
빗소리 바람 소리
주위 풍경과 사람
사랑하면 행복해집니다

등불

아프면 아프다고
우울하면 우울하다고 말하세요
당신을 밝혀줄 등불이
언제나 당신 곁에 있어요

사라짐

이해를 구하려고
너무 애쓰지 마세요
지나갈 인연은 지나갑니다

따뜻한 시선으로
사라짐을 바라보세요
축복해주세요